Analyse de l'œuvre

Par Anna Scriven

Le Garçon au pyjama rayé

John Boyne

lePetitLittéraire.fr

Analyse de l'œuvre

Par Anna Scriven

Le Garçon au pyjama rayé

John Boyne

Rendez-vous sur lepetitlitteraire.fr et découvrez :

Plus de 1200 analyses
Claires et synthétiques
Téléchargeables en 30 secondes
À imprimer chez soi

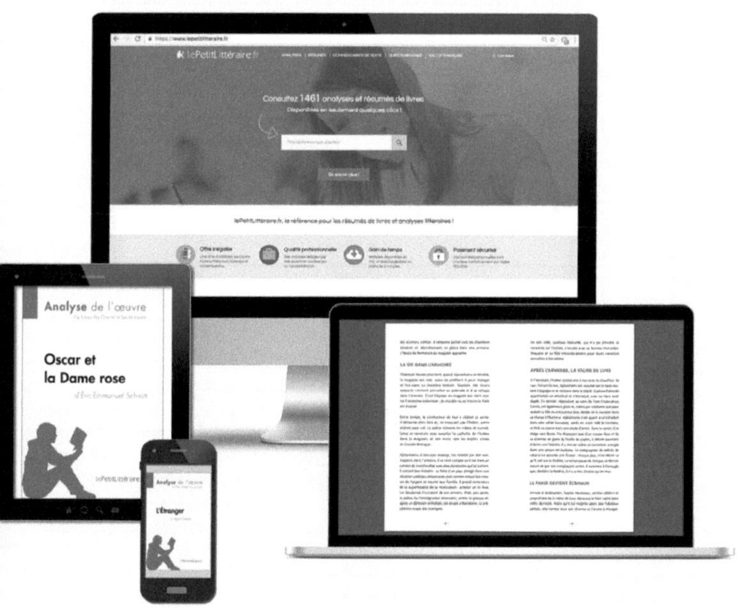

JOHN BOYNE

ROMANCIER IRLANDAIS

- **Né à Dublin (Irlande) en 1971.**
- **Travaux notables :**
  - *Une histoire de la solitude* (2014), roman
  - *The Terrible Thing That Happened to Barnaby Brocket* (2012), roman pour les jeunes lecteurs.
  - *Stay Where You Are And Then Leave* (2013), roman pour les jeunes lecteurs.

John Boyne est né et a grandi à Dublin, où il a étudié la littérature anglaise au Trinity College. Il s'est ensuite installé à Norwich pour passer une maîtrise en écriture créative à l'université d'East Anglia. Il réside actuellement à Dublin.

Boyne écrit régulièrement des critiques littéraires pour l'*Irish Times* et a écrit onze romans pour adultes, ainsi que cinq destinés aux jeunes lecteurs. Boyne écrit des romans de fiction historique, abordant une variété de moments historiques clés, de la chute de la dynastie Romanov à la découverte plus récente d'abus sexuels au sein de l'Église catholique. Ses œuvres ont rencontré un grand succès tant en France qu'à l'étranger, puisqu'elles ont été publiées dans plus de cinquante langues. M. Boyne a reçu de nombreuses récompenses, dont le Hennessy Literary 'Hall of Fame' Award (2012) et le Gustav Heinemann Peace Prize (2015).

LE GARÇON AU PYJAMA RAYÉ

L'HOLOCAUSTE À TRAVERS LES YEUX D'UN ENFANT

- **Genre :** roman
- **Édition de reference :** Boyne, J. (2008) *The Boy in the Striped Pyjamas*. Londres : Random House Children's Books.
- **1ère édition :** 2006
- **Thèmes :** amitié, préjugés, innocence, l'Holocauste, la haine, l'espoir, l'enfance.

The Boy in the Striped Pyjamas, publié en 2006, est le premier roman de John Boyne destiné à un public plus jeune. L'histoire suit Bruno, un garçon de neuf ans qui grandit dans l'Allemagne nazie. Bruno a une enfance relativement idyllique, à l'abri des horreurs du régime nazi et de la solution finale. Cela change lorsque son père est placé en charge d'Auschwitz et que Bruno se lie d'amitié avec un jeune garçon juif vivant dans le camp. Il apprend peu à peu la souffrance de son ami et tente de la réconcilier avec sa vision innocente du monde, avec des conséquences tragiques.

The Boy in the Striped Pyjamas a été largement salué par la critique et a été publié dans le monde entier. Le roman capture la nostalgie de l'innocence de l'enfance, en la plaçant dans un contexte avec lequel l'innocencé est totalement incompatible. Le roman est fréquemment utilisé en classe, et plus de cinq millions d'exemplaires ont été vendus à ce jour.

RÉSUMÉ

UN FOYER MALHEUREUX

Le lecteur fait la connaissance de Bruno, un garçon de neuf ans qui vit à Berlin avec ses parents, sa grande sœur Gretel et les domestiques de la famille. Bruno apprécie sa vie en ville, aussi est-il horrifié lorsqu'il rentre de l'école et découvre que la famille déménage. On nous dit que le père de Bruno, un soldat de haut rang, a été nommé à un nouveau poste. Bruno et sa famille prennent le train pour se rendre dans leur nouvelle maison, et Bruno se demande pourquoi l'autre train allant dans la même direction est si bondé.

En arrivant dans sa nouvelle maison, Bruno la compare misérablement à Berlin, donnant au lecteur un aperçu de sa vie privilégiée dans la ville. Il trouve sa nouvelle maison trop petite et ses amis d'école lui manquent. L'opinion de Bruno n'est pas aidée par la vue étrange qu'il a de la fenêtre de sa chambre. Au-delà d'une clôture, Bruno peut voir de nombreux autres enfants, tous vêtus de pyjamas rayés, une vue qui le met mal à l'aise. Gretel explique à Bruno qu'ils ont déménagé à « Out-With » (mauvaise prononciation d'Auschwitz par Bruno), mais elle n'a pas d'explication pour les gens au-delà de la clôture. Bruno décide d'en parler à son père, qui lui dit qu'il doit faire ce qu'on lui dit et accepter le déménagement. Le père de Bruno lui dit que les gens au-delà de la clôture ne sont « pas des gens du tout » (p. 53), une réponse qui ne satisfait pas la curiosité de Bruno.

NOUVEAUX AMIS

Se sentant seul sans ses camarades de classe, Bruno commence à parler plus souvent à Maria, la bonne de la famille. Elle semble mal à l'aise dans la nouvelle maison, déclarant que le père de Bruno a toujours été gentil avec elle, et qu'elle ne peut donc pas comprendre comment il peut y vivre. Cependant, elle dit à Bruno de se taire et de ne pas se plaindre. Gretel et Bruno commencent à s'adapter à leur nouvelle vie. Gretel a le béguin pour l'intimidant lieutenant Kotler, un jeune soldat que Bruno trouve condescendant. Bruno se lie avec Pawel, un serviteur juif obligé de travailler dans la maison. Il apprend que Pawel était médecin avant de devenir serveur et, ne sachant pas que Pawel est juif, ne comprend pas pourquoi il changerait de carrière.

Bien qu'il ait commencé les cours avec un nouveau professeur, Bruno s'ennuie et reste isolé. Il décide d'explorer son environnement, se rappelant comment cela l'amusait à Berlin. Au cours d'une de ses explorations, il rencontre Shmuel, un garçon de neuf ans qui vit de l'autre côté de la barrière. Les deux garçons discutent timidement et découvrent qu'ils ont le même anniversaire. Ils se lient d'amitié parce qu'ils sont bouleversés de devoir laisser leur vie antérieure derrière eux. C'est par Shmuel que Bruno apprend qu'il vit maintenant en Pologne.

DES RÉVÉLATIONS CHOQUANTES

Bruno se souvient de la fois où le « Fury » (un jeu de mots sur le mot Führer) est venu dîner à Berlin, peu avant que la famille ne déménage. Bruno ne l'aimait pas, pensant qu'il était irrespectueux.

Bruno demande à Shmuel pourquoi tous les gens sont derrière la barrière, ce qui amène Shmuel à décrire les difficultés qu'il a rencontrées. Il a été contraint de quitter sa maison à Cracovie et d'emménager dans une chambre individuelle partagée avec une autre famille. Il a ensuite été forcé de monter dans un train surpeuplé et envoyé dans le camp, où sa mère a été séparée du reste de la famille. Bruno ne comprend pas ce récit et n'y croit pas tout à fait. Il compare leurs situations, sans se rendre compte de l'ampleur de la souffrance de Shmuel.

Maria explique la situation de Pawel à Bruno mais lui fait promettre de ne rien dire à personne. Plus tard dans la soirée, le lieutenant Kotler vient dîner. Il est révélé que le père de Kotler est un critique du régime nazi. Lorsque Pawel renverse du vin, Kotler passe sa colère sur lui, l'attaquant vicieusement sous le regard de la famille.

Bruno continue de rencontrer Shmuel, dont il apprécie la compagnie. À son grand dam, Kotler continue de passer beaucoup de temps à la maison, notamment avec la mère de Bruno, et il est suggéré que les deux ont une liaison. Un jour, Kotler amène Shmuel à la cuisine pour nettoyer des verres pour une fête. Bruno est ravi de le voir et donne à manger à Shmuel. Lorsque Kotler accuse Shmuel d'avoir volé la nourriture, Bruno a trop peur pour admettre la vérité et nie qu'il connaît Shmuel. Bruno est ensuite horrifié d'apprendre que Shmuel a été battu à cause de cela et s'excuse. Shmuel lui pardonne et les deux se touchent pour la première fois, se tenant la main à travers la clôture.

UNE DERNIÈRE AVENTURE

Après un an à Auschwitz, Bruno s'est habitué à sa nouvelle vie et est particulièrement heureux maintenant que Kotler a été transféré. Cependant, il ne comprend toujours pas pourquoi la clôture est là. Gretel finit par lui expliquer que les gens de l'autre côté de la barrière sont juifs. Bruno ne sait pas vraiment ce que cela signifie, mais la conversation s'arrête brusquement lorsque Gretel découvre qu'ils ont attrapé des poux, ce qui oblige Bruno à se faire raser la tête. C'est la goutte d'eau qui fait déborder le vase pour la mère de Bruno, de plus en plus malheureuse, qui insiste pour ramener les enfants à Berlin. Le père de Bruno accepte. Bien qu'il l'ait souhaité, Bruno est bouleversé et redoute de devoir l'annoncer à Shmuel.

Shmuel révèle que son père a disparu. Après que Bruno lui a dit qu'il partait, les deux garçons prévoient de vivre une aventure ensemble. Bruno décide de se faufiler sous la clôture et d'aider Shmuel à retrouver son père. Bruno s'habille d'un pyjama rayé et s'aventure dans le camp, réalisant finalement à quel point c'est terrible là-bas. Les deux garçons sont pris dans une marche et finissent dans une chambre à gaz, sans qu'ils le sachent. Bruno dit à Shmuel qu'il est le meilleur ami qu'il ait jamais eu. Shmuel commence à répondre mais les portes se ferment avant qu'il ne puisse le faire. Les deux garçons se tiennent la main tandis que le gaz est libéré dans la chambre.

Dans le dernier chapitre, nous apprenons que la famille de Bruno a eu le cœur brisé par sa disparition. Sa mère et Gretel finissent par retourner à Berlin. Les vêtements de Bruno sont retrouvés près de la clôture et son père reconstitue ce qui s'est passé. Lorsque les soldats arrivent pour libérer le camp, le père de Bruno est trop dévasté pour protester et les suit de son plein gré.

ÉTUDE DE CARACTÈRE

BRUNO

Bruno a neuf ans au début du roman et mène une vie privilégiée à Berlin. Il est petit pour son âge, ce qui le rend très sensible. Il n'aime pas que les gens le traitent avec condescendance et déteste Kotler qui l'appelle « petit homme ». Bruno est un personnage naïf, qui ne comprend souvent pas les situations dans lesquelles il est placé. Il connaît si peu la politique allemande qu'il ne reconnaît même pas Adolf Hitler lorsqu'il vient dîner. Par conséquent, il n'est absolument pas préparé à la vie à Auschwitz. Le lecteur plus averti voit les événements du roman du point de vue innocent de Bruno, ce qui crée un certain niveau d'ironie. Bruno est très ouvert d'esprit, et ses jugements sur les gens sont uniquement basés sur ses interactions avec eux. Il apprécie Pawel, qui le traite avec respect, mais n'aime pas l'arrogant Kotler, quel que soit son statut. Son amitié avec Shmuel démontre que les enfants sont en grande partie dépourvus de préjugés si on ne les leur enseigne pas. Dans un sens, le roman montre le passage à l'âge adulte de Bruno, qui découvre les horreurs du monde qui l'entoure. Cependant, sa mort tragique l'empêche de le faire pleinement, laissant Bruno comme un symbole éternel de l'innocence de l'enfance.

SHMUEL

Shmuel, le personnage principal, est un garçon juif polonais qui vit à Auschwitz. Il a exactement le même âge que Bruno, ce qui permet d'accentuer les parallèles entre eux. Shmuel entretient une relation étroite avec Bruno, et lui pardonne même lorsque celui-ci le trahit auprès de Kotler. Bruno remarque qu'il est extrêmement maigre et qu'il engloutit toujours la nourriture que Bruno lui donne. Shmuel est beaucoup plus conscient de la nature du camp que Bruno, car il en a été le témoin direct. Cependant, il ne conteste pas les déclarations naïves de Bruno pour éviter les disputes. Shmuel semble être plus calme que Bruno et aime parler plutôt que de jouer. Il est intelligent et parle couramment deux langues. Cependant, nous ne savons pas grand-chose de ses intérêts avant son emprisonnement. Shmuel sert à enseigner à Bruno (et au lecteur) la vie au-delà de la clôture.

PÈRE

Les parents de Bruno ne sont pas nommés dans le roman, car ils sont vus uniquement du point de vue de Bruno. Le père de Bruno a combattu pendant la Première Guerre mondiale et a gravi les échelons. Sa promotion au poste de commandant à Auschwitz déclenche les événements du roman. Il est décrit comme grand et fort (plus fort qu'Hitler, selon Bruno). Les descriptions de sa personnalité varient. Il est d'abord présenté comme un homme sévère et strict, qui prend des décisions pour la famille sans la consulter. Son travail à Auschwitz remplit le lecteur d'horreur, et de nombreux autres personnages expriment leur dégoût. L'un des plus virulents est la grand-mère de Bruno, qui déteste le travail de son fils. Malgré cela, le père semble fier de son grade. Cependant,

Bruno et Maria donnent des évaluations positives de son caractère. Maria décrit comment il les a toujours aidés, elle et sa famille, et compare cela à son travail dans le camp. Bruno est fier de son père et pense qu'il est « un bon soldat » (p. 140), ce dont Shmuel doute silencieusement. Il est brisé à la fin du roman, lorsqu'il découvre que son fils a été tué par le système qu'il a contribué à créer.

MÈRE

La mère de Bruno correspond à l'idéal nazi de la femme au foyer passive, déplaçant sa famille à Auschwitz pour son mari et ignorant les protestations de Bruno. Cependant, elle laisse échapper qu'elle aurait souhaité que la « Furie » ne vienne jamais dîner et semble malheureuse de sa vie. Bruno constate qu'elle n'a pas d'amis, à l'exception de Kotler, avec qui elle semble avoir une liaison. Elle boit fréquemment des « sherries médicinales » et exprime sa frustration de ne pas être écoutée par son mari. Elle dit à Bruno : « Nous n'avons pas le luxe de penser. [...] Il y a des gens qui prennent toutes les décisions à notre place. » (pp. 13-14). On pourrait y voir une manière de se déculpabiliser. Elle finit par insister pour quitter Auschwitz et son mari accepte.

LIEUTENANT KOTLER

Le lieutenant Kotler est jeune, fort, blond et antisémite, ce qui fait de lui une personnification des idéaux aryens. Bruno ne l'apprécie pas du tout et Shmuel en est terrifié. Cependant, Kotler passe beaucoup de temps dans la maison de Bruno. Gretel s'entiche de lui et il est suggéré qu'il a une liaison avec la mère de Bruno. Kotler a d'énormes préjugés, allant jusqu'à attaquer Pawel. Le résultat de cette attaque est laissé ambigu, mais Pawel ne réapparaît pas dans le roman. Il est suggéré que cette attaque violente est due à un désir de se séparer de son père, qui a fui l'Allemagne au début de la guerre. Kotler est finalement muté, peut-être à cause de cette affaire.

GRETEL

Gretel est la soeur de Bruno. Elle a trois ans de plus que lui. Les deux ne s'entendent pas et Bruno la surnomme «le cas désespéré». Gretel aime se comporter comme si elle était supérieure à Bruno, mais au départ, elle ne comprend pas plus que lui leur nouvelle maison. Elle peut essayer de paraître mature lorsqu'elle flirte avec Kotler, mais il est clair pour le lecteur que Gretel est encore immature et très protégée. Elle adore ses poupées et passe la plupart de son temps à jouer avec elles. Plus tard, Gretel en apprend davantage sur l'idéologie nazie en classe et devient obsédée par le suivi de la progression de la guerre, démontrant ainsi l'endoctrinement de la jeunesse allemande par le parti nazi.

LA VIE DANS L'ALLEMAGNE NAZIE

Le contexte joue un rôle important dans *Le garçon au pyjama rayé*, et quelques connaissances de base sur l'Allemagne des années 1940 sont nécessaires pour bien comprendre le roman. À cette époque, Hitler, arrivé au pouvoir en 1933, a pleinement consolidé sa position de dictateur. Le régime national-socialiste (nazi) tente de contrôler tous les aspects de la vie allemande. Ainsi, la presse est censurée et la propagande est omniprésente. Les jeunes sont ciblés, les programmes scolaires reflétant les croyances nazies. Nous le voyons dans le roman avec l'introduction du nouveau professeur de Bruno, Herr Liszt. Il rejette l'étude de la littérature et se concentre sur l'étude des « grands torts » qui ont été commis contre « la Patrie » (p. 98). La Seconde Guerre mondiale débute en 1939, lorsque l'Allemagne envahit la Pologne. La guerre est occasionnellement évoquée dans le roman, Bruno commentant la façon dont la vie à Berlin a changé.

Le régime nazi encourageait un nationalisme extrême. Les nazis veulent créer une race allemande « pure » et excluent rapidement les Juifs (et d'autres groupes « indésirables ») de la société. Comme le décrit Shmuel, ils ont été envoyés vivre dans des ghettos, puis déportés dans des camps de concentration. Auschwitz est le plus connu de ces camps et est devenu le symbole de l'Holocauste. Auschwitz se composait d'un camp de concentration et d'un camp d'extermination. Les camps d'extermination, ou camps de la mort, ont été créés après les camps de concentration dans le cadre de la «solution finale» au «problème juif». Les Juifs de toute l'Europe ont été déportés à Auschwitz, où ils ont été sélectionnés pour le travail forcé ou gazés. Plus de 1,1 million de personnes sont mortes à Auschwitz. Au total, environ 6 millions de Juifs ont été tués pendant l'Holocauste. Environ la moitié d'entre eux ont été tués dans des chambres à gaz comme celles décrites par Boyne.

INNOCENCE ET CULPABILITÉ

Tout au long du roman, Boyne explore l'Holocauste à travers les yeux d'un innocent, Bruno. Bien qu'il ait grandi dans l'Allemagne nazie, Bruno ne connaît rien du régime et de ses horreurs, ce qui en fait l'avatar parfait pour le lecteur. L'innocence de l'enfance de Bruno nous permet de sympathiser avec lui d'une manière que nous n'aurions pas avec un personnage adulte, malgré ses manières égocentriques. Il ne comprend pas ce qu'il voit, et ses questions restent en grande partie sans réponse, ce qui garantit la pérennité de son innocence. La curiosité innocente de Bruno s'oppose à l'idée d'une ignorance délibérée. Gretel, qui est plus âgée et dont on voit qu'elle en sait plus sur l'antisémitisme nazi, ignore également la véritable nature d'Auschwitz. Cependant, contrairement à Bruno, elle ne *veut* pas savoir. Au lieu de cela, elle détourne littéralement le regard, disant que la vue de sa chambre «est décidément plus belle» (p. 38). Elle ignore ses doutes et commence à soutenir le régime de tout cœur, abandonnant ses poupées pour suivre la guerre. C'est le cas de nombreux Allemands, qui ferment les yeux sur le sort de leurs voisins juifs. Au chapitre 16, Gretel répète comme un perroquet l'idéologie raciale nazie à Bruno, mais il est clair qu'elle ne sait pas vraiment ce qu'est un Juif. Même si elle ne peut pas expliquer à Bruno pourquoi elle est différente d'un Juif, elle est prête à accepter qu'elle leur soit supérieure.

À l'exception de Kotler, les personnages adultes du roman refusent de reconnaître le traitement des Juifs et leur complicité. Les exemples les plus évidents sont la mère de Bruno et Maria. Elles indiquent toutes deux qu'elles ne soutiennent pas le meurtre des Juifs, et pourtant elles continuent à vivre à Auschwitz. Elles prétendent être impuissantes face au système, Maria disant à Bruno « ce n'est pas à nous de changer les choses » (p. 65). Elles utilisent leur statut d'épouse et de domestique pour justifier leur acceptation de la situation, comme si elles n'avaient pas d'autre choix. Même le père de Bruno tente, dans une certaine mesure, de nier sa responsabilité dans le camp. Il explique qu'il a appris « quand il faut se disputer et quand il faut se taire et suivre les ordres » (p. 49). Il justifie le camp en niant que les Juifs soient même des personnes, ce qui rend leur meurtre plus acceptable. Les personnages adultes peuvent être considérés comme des représentants de la société allemande dans son ensemble. De nombreux Allemands ont affirmé plus tard qu'ils ne pouvaient pas s'opposer à l'autorité ou désobéir aux ordres par crainte d'être punis.

Parfois, l'innocence de Bruno semble avoir un impact sur ceux qui l'entourent, les amenant à réévaluer leurs actions. Son père est clairement déconcerté lorsque Bruno déclare : « Il y a des centaines d'enfants ici. [...] Seulement ils sont de l'autre côté de la barrière » (p. 191). L'incapacité de Bruno à voir une différence entre lui et les enfants juifs victimes dérange son père, mais il y répond en prévoyant d'éloigner Bruno du camp tout en poursuivant son travail. En fin de compte, seule la mort de Bruno peut faire voir à son père l'horreur de ses actes.

STYLE ET FORME

La première édition du roman comportait un sous-titre décrivant le roman comme une fable. Une fable est une histoire courte qui transmet une morale au lecteur. Le roman contient plusieurs des caractéristiques clés d'une fable, telles que :

- Une petite longueur
- L'utilisation de personnages fictifs pour transmettre un enseignement moral
- L'utilisation du ton et du langage pour éloigner l'histoire de la réalité

La distanciation avec la réalité est particulièrement importante dans ce texte. Elle rend les horreurs véhiculées moins effrayantes pour les jeunes lecteurs. Par exemple, on ne nous dit pas explicitement que Bruno est mort, il disparaît simplement. Le fait de qualifier l'histoire de Bruno de fable signifie que l'histoire se veut universelle et intemporelle, ce qui la distingue d'une œuvre de fiction historique, une œuvre qui place des personnages totalement fictifs dans un cadre historique réel. Boyne a été critiqué, entre autres, pour le fait que Shmuel semble avoir beaucoup plus de liberté qu'un prisonnier dans un camp de concentration. Le fait d'appeler *The Boy in the Striped Pyjamas* une fable permet à Boyne de prendre des libertés avec l'histoire et signifie qu'il n'a pas besoin de donner une description entièrement exacte de la vie dans un camp de concentration. Boyne n'énonce pas explicitement la morale du roman, ce qui permet au lecteur de tirer ses propres conclusions quant à son message.

Le roman est écrit à la troisième personne, mais dans un style qui reflète le processus de pensée de Bruno, neuf ans. Nous voyons principalement les événements de son point de vue, laissant le lecteur déduire les implications plus profondes de ses observations enfantines. Les mots que Bruno ne peut pas prononcer sont écrits comme il les dirait, ce qui donne les noms « Out-With » et « the Fury ». Les significations anglaises de ces noms sont hautement symboliques des choses elles-mêmes. Cela reflète également le genre du roman : Boyne ne nomme jamais Auschwitz, ce qui rend sa fable universellement applicable.

POURSUITE DE LA RÉFLEXION

QUELQUES QUESTIONS À MÉDITER...

- Comment votre opinion sur la mère de Bruno évolue-t-elle au cours de l'histoire? Ressentez-vous de la sympathie à son égard?
- Bruno a passé toute son enfance dans l'Allemagne nazie et est allé à l'école à Berlin jusqu'à son déménagement à Auschwitz. Pensez-vous que son innocence soit réaliste? Le réalisme est-il important dans cette histoire?
- Boyne choisit d'aborder l'Holocauste en se concentrant sur la famille d'un haut fonctionnaire nazi, tout en fournissant relativement peu d'informations sur ses personnages juifs. Pourquoi pensez-vous qu'il en est ainsi? Pensez-vous que c'est approprié?
- Bruno rejette souvent les histoires de Shmuel et ne remet pas en question la faim de son ami. Est-il en quelque sorte responsable de sa propre ignorance?
- Discutez de l'utilisation du symbolisme dans le roman. Que représente la clôture? Le pyjama rayé?
- En discutant de l'avenir, Shmuel dit qu'il veut travailler dans un zoo et Bruno dit qu'il veut être un soldat comme son père (chapitre 13). Discutez de l'ironie de ces ambitions.
- En général, les personnages féminins du roman (la mère, Maria, la grand-mère de Bruno) sont opposés aux politiques nazies, tandis que les personnages

masculins (le père, Kotler) les soutiennent. Comment interprétez-vous cela ? Est-ce un reflet de la vérité ?

- La grand-mère de Bruno croit que : «Tu portes la bonne tenue et tu te sens comme la personne que tu prétends être» (p. 205). Comment cela se reflète-t-il dans les actions de Bruno ? Dans ceux de son père ?
- À votre avis, pourquoi Boyne a-t-il choisi de terminer l'histoire de manière aussi tragique ? Une autre fin était-elle possible ?
- Theodor Adorno a écrit : «écrire de la poésie après Auschwitz est barbare» (Hunter, 2005 : 1). Quelle est votre interprétation de cette phrase ? Est-il approprié d'écrire une fiction basée sur un événement tel que l'Holocauste ?

AUTRES LECTURES

ÉDITION DE RÉFÉRENCE

- Boyne, J. (2008) *The Boy in the Striped Pyjamas*. Londres : Random House Children's Books.

ÉTUDES DE RÉFÉRENCE

- Hunter, A. C. (2005) The Ethical Limitations of Holocaust Literary Representation. *eSharp*, 5.
- Smith, S.M. (2017) Conte de fées, fable et réalité du mal : représentation de l'Holocauste dans *The Boy in the Striped Pyjamas* de John Boyne. *Myth vs Reality*, 9, pp. 59-69.

SOURCES SUPPLÉMENTAIRES

- Boyne, J. (2015) *Le garçon au sommet de la montagne*. Londres : Doubleday Children's.
- Frank, A. (2007) *Le Journal d'une jeune fille : Definitive Edition*. Londres : Puffin.
- Whittock, M. (2011) *A Brief History of the Third Reich : The Rise and Fall of the Nazis*. Londres : Robinson.

ADAPTATIONS

- *Le garçon au pyjama rayé*. (2008) [Film]. Mark Herman. Réalisateur. Royaume-Uni/États-Unis : Miramax, BBC Films, Heyday Films.

Votre avis nous intéresse !
Laissez un commentaire sur le site de votre librairie en ligne
et partagez vos coups de cœur sur les réseaux sociaux !

lePetitLittéraire.fr

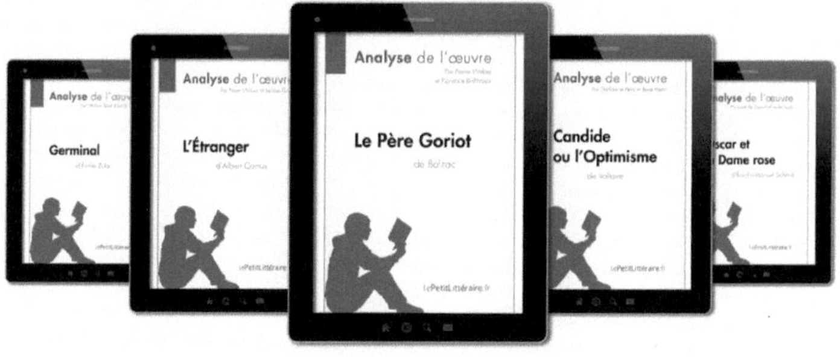

- des analyses de livres
- des fiches de lectures
- des commentaires littéraires
- des questionnaires de lecture
- des résumés

Retrouvez
notre offre complète sur
lePetitLittéraire.fr

ISBN version numérique : 9782808684101
ISBN version papier : 9782808684903
Dépôt légal : D/2023/12603/990

Conception numérique : Primento,
le partenaire numérique des éditeurs.